INVENTAIRE
e15575

CHARLES BLANCHAUD

PATRIE

POÉSIES

LIMOGES

LIBRAIRIE Vᵉ H. DUCOURTIEUX

5, RUE DES ARÈNES, 5

1876

PATRIE

15575

DU MÊME AUTEUR :

Échos des Champs, poésies (épuisé).

Étapes du 71ᵉ Mobile, impressions et souvenirs.
Un vol. in-18 de 300 pages avec une gravure de
Luminais. Prix : 3 fr. 50.(Librairie vᵉ Ducourtieux,
5, rue des Arènes, Limoges.)

Les Phalènes, ballades. Un vol. in-8º, édition
elzévirienne sur papier du Marais. Prix : 3 fr.
(Librairie vᵉ Ducourtieux, 5, rue des Arènes,
Limoges.)

Limoges, imp. vᵉ H. Ducourtieux, rue des Arènes, 5.

CHARLES BLANCHAUD

PATRIE

POÉSIES

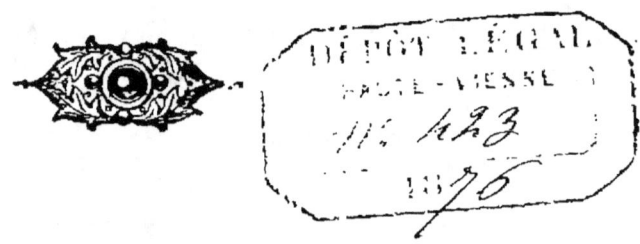

LIMOGES

LIBRAIRIE Vᵉ H. DUCOURTIEUX

5, RUE DES ARÈNES, 5

1876

CET opuscule n'a évidemment aucun besoin de Préface, le lecteur aurait le droit de s'étonner d'y en rencontrer une. — L'auteur tient seulement à dire que les poésies qu'il réunit ici ont été extraites d'un volume annoncé dans sa précédente publication, « LES PHALÈNES », comme devant paraître prochainement sous le titre : « ÉLÉGIES ET POÈMES, POÉSIES DIVERSES ». — Cet ouvrage, par des motifs qui importent peu, n'a point paru.

C. B.

I

Pourquoi toucher encore à la lyre étoilée?
  Le silence convient aux vaincus comme aux morts :
Cœurs brisés, contenant notre voix désolée,
D'une impuissante rage étouffons les transports.

Comme César au pied du marbre de Pompée,
Résignés et sentant nos destins accomplis,
Pour ne pas voir lever le poignard et l'épée,
Du manteau sur nos fronts, posons calmes les plis.

Dormons-nous... allons-nous en effeuillant des roses
Laisser creuser la tombe et clouer le cercueil?
Quelle étrange pudeur tiendrait nos bouches closes?
C'est fièrement qu'il faut garder un pareil deuil.

Jetons aux vents du ciel notre plainte emportée !
Si, montrant aux conscrits nos drapeaux en haillons,
Comme en Grèce, autrefois, surgissait un Tyrtée,
Son cri nous vaudrait mieux que mille bataillons!

A HENRI BLANCHAUD

PATRIE

Qu'un autre écrive en paix sa thèse humanitaire,
  Gardant la plaie au flanc, gardant l'insulte au front;
Moi je veux attiser le feu de ta colère,
O France, jusqu'au jour qui lavera l'affront!

Oh! ne me parlez pas de l'horreur des batailles :
Faut-il pour commencer le grand concert humain,
Que lui-même, apprêtant ses propres funérailles,
Abel offre la gorge au couteau de Caïn?

Si c'est là le seul bien, le seul vrai, le seul juste,
Je n'ai point l'âme prête à ce sublime effort,
Quand je pleure à genoux sur le sépulcre auguste
De mes frères soldats endormis dans la mort.

1.

Tout mon sang se refuse à cette foi candide,
Envieux de couler sur les champs des combats,
Et j'attends le rayon dont la lueur splendide
Doit soudain éclairer mon chemin de Damas !

Moi j'ai l'amour étroit du clocher du village,
Du toit où mon vieux père en mourant m'a béni ;
Tel, dans l'azur du ciel, toujours l'aiglon sauvage
Sent l'invincible instinct l'attacher à son nid.

Moi j'ai l'amour étroit de la France ma mère,
Dans son rêve égoïste il suffit à mon cœur,
Avant d'en voir jouir le reste de la terre,
Qu'elle ait la liberté, la gloire et le bonheur !

O France ! il me suffit que, conservant la place
Conquise au premier rang des peuples envieux,
Tu sois reine toujours par l'esprit et la grâce,
Par les savants labeurs et par l'art radieux.

Il me suffit qu'hostile à toute ligne torse,
A l'instant du réveil et des vaillants défis,
En ton loyal dessein, le droit prime la force,
Que ton drapeau n'ait pas une ombre dans ses plis.

Et quand je me souviens du magnanime usage
Que les aïeux ont fait du glaive souverain,
Sans inventorier, j'accepte l'héritage
Avec Jeanne pour guide et Bayard pour parrain !...

Ainsi bornant ma vue à ta seule frontière,
Et pour toi seule, ô France, explorant l'avenir,
J'ai hâte du grand jour, du jour où ta bannière
Nous dira : c'est ici qu'il faut vaincre ou mourir !

Puis repassant en moi ta merveilleuse histoire,
Tes deuils toujours suivis de retours triomphants,
Je médite déjà l'hymne de la victoire
Qui, le Rhin reconquis, couronne tes enfants.

Alors, peut-être alors, en te voyant si belle,
Et si fière élargir les murs du Panthéon,
De mon sein, délivré d'une angoisse mortelle,
Ne sortira qu'un vœu de généreux pardon.

Mais jusque-là, courbé sous le poids de l'outrage,
Je veux, marchant la lyre et l'épée à la main,
A toute heure appeler tes foudres sur Carthage,
Avec l'entêtement du sénateur romain !

Mais jusque-là, tenace à mon espoir farouche,
Reprenant ton vieux cri, Montjoye et Saint-Denis!
Demandant à l'honneur de parler par ma bouche,
Je soufflerai l'esprit de la guerre à tes fils!

J'irai redemander à l'arc, à la colonne
Le cœur de ces lions à leur base rangés :
Et si je pèche ainsi, que Dieu me le pardonne;
Je chanterai la paix quand nous serons vengés!

HISTORIA

I

Un jour fut où les dieux lares du Capitole,
Sentant fondre sous eux l'autel déraciné,
Rome expirante, ô Christ, au bruit de ta parole,
Comprit que l'heure auguste avait enfin sonné.

La France vint alors, superbe aventurière,
Prétendant l'héritage et si mûre à la foi
Qu'entre les nations tu la mis la première,
En consacrant le front du Sicambre son roi.

Son étape fut longue, avant que Charlemagne
De son géant empire en forma le milieu
Et, tenant sous son pied la sauvage Allemagne,
Fit de Rome vassale un royaume au vrai Dieu.

Et plus tard, longuement il lui fallut encore
Marcher dans la splendeur terrible des combats,
Et jeter jusqu'aux lieux lointains où naît l'aurore,
Le cri de guerre ardent de ses vaillants soldats.

Et ses pieux croisés et sa belle oriflamme,
Et ses fleurs de lys d'or, amantes des hasards,
Au saint sépulcre allaient parler de Notre-Dame,
Quand le monde chrétien suivait ses étendards.

Et le ciel bénissait ses troupes magnanimes,
Et la terre tournait des regards éblouis
Vers les hardis barons, dont les larmes sublimes
Au pays d'Annibal ont pleuré Saint Louis.

Lorsqu'éteignant l'éclair inoui de sa lance,
A l'histoire léguant la liste des hauts faits,
Aux appels meurtriers elle imposait silence,
Elle disait aux rois : Que fait-on dans la paix?

Et les rois répondaient : c'est l'art qui nous convie.
Ton génie indompté veut un nouvel essor,
Et les bras courageux, secondant son envie,
Taillaient ses monuments dans le marbre et dans l'or.

Ils sont debout encor les superbes portiques,
Monuments de la foi, monuments du travail,
Féeriques palais, cathédrales gothiques.
Où le nom d'un grand maître étincelle au vitrail.

Ce fut ton âge d'or, ô noble poésie,
Quand vers elle accourant et peintres et sculpteurs,
Enivrés d'idéal, disaient c'est la patrie :
C'est la terre du rêve et la terre des fleurs !...

Alors elle voyait près du lit d'agonie
Qu'à Léonard offrait son sol hospitalier,
D'une larme royale honorant le génie,
Beau comme à MARIGNAN pleurer François premier !...

Reliant le faisceau des armes féodales
Et déjà préparant son étroite unité,
Alors, des chaumières aux demeures royales,
Chacun sentait passer ton souffle, ô liberté !

(1) C'est une tradition que François Ier assista aux derniers moments de Léonard de Vinci, à Amboise, le 2 mai 1519. — Le fait fut-il historiquement contesté, il a semblé à l'auteur qu'il pouvait s'en servir comme particulièrement propre à faire ressortir l'éclatante protection dont nos rois ont toujours entouré les arts et les artistes. C'est là une des gloires du règne de François Ier.

Puissante, fière, unie à l'idée immortelle,
Et forte de l'appui pris au trône des rois,
Alors, la liberté n'apparaissait pour elle
Que portant dans ses mains l'Evangile et la croix !

Hélas ! un jour trompé par la fausse lumière
Son peuple ensanglanté se méprit à ce nom ;
Puis coupable, égarée, en sa fureur guerrière,
          Elle acclama Napoléon !...

II

Alors du moins, guidant le vol de la victoire,
Elle put étouffer ses remords sous sa gloire ;
Dans l'immense reflet d'un fulgurant rayon
Levant son front hautain grisé par la conquête,
Par les jours de combat comptant ses jours de fête,
Elle traçait encore un lumineux sillon.

D'ARCOLE à MONTMIRAIL ce fut comme un tonnerre
Que l'aigle impériale emportait dans sa serre ;
Alors elle n'avait ni halte ni repos :
Quand la poudre manquait elle s'armait de piques,
Et flottant sur le front des légions épiques,
Comme un astre du ciel flamboyaient ses drapeaux !

Et quand elle eut ainsi promené par le monde
Sa tente et son bivouac, quand sa chute profonde
Offrit à l'univers un spectacle nouveau,
Quand on la vit tomber sur la sanglante arène
Froide, les yeux éteints, sans pouls et sans haleine,
On la crut morte à WATERLOO.

Mais elle ne meurt pas!... ayant bu ce calice,
Ayant large au côté la fraîche cicatrice,
Guerrière dont le chef doit gravir un pavois,
Il lui fallut bientôt, retournant aux batailles,
Au rivage africain planter sur des murailles
Avec l'étendard blanc les fleurs de lys des rois!...

III

Hélas! hélas! hélas! Seigneur qui peut connaître
L'abîme de justice où ta loi nous attend :
Qui dira la hauteur où l'on peut apparaître
Et le faîte d'où l'on descend!

Qui dira ce qu'on peut oublier dans l'ivresse
Des molles voluptés, de loisirs énervants,
Jusqu'à l'heure terrible où ta main vengeresse
Trace aux murs du festin trois mots étincelants.

Cette heure elle est venue ; et nos chants funéraires
De nos soldats vaincus ont nombré les drapeaux,
Les canons, les fusils qu'en ses bras téméraires
Emporta l'ennemi... ruines et tombeaux !...

Oui, cette heure est venue et Metz pleure en silence,
Metz qu'un lâche a souillée, et Strasbourg à genoux,
Dans l'horreur du lien, attend la délivrance,
         Jetant son cri vers nous.

Ah ! lorsque nous convie une œuvre aussi sublime,
Quand sur le sol sacré sonne un pas étranger,
Tout ce qui nous détourne, ô Français, est un crime ;
         Ne vivons que pour nous venger !

IV

Ils disent que la sève a tari sous l'écorce,
Qu'à nos bras, à nos cœurs manque à la fois la force;
Et qu'on mesure en vain les murs de la prison ;
Par un hideux rictus répondant à nos larmes,
Ils disent qu'à jamais l'empire est à leurs armes,
Mais à laquelle enfin, épée ou trahison?...

Oui, de lâches pensers ont amolli nos âmes,
Oui, nous avons, Seigneur, laissé pâlir les flammes
Sur l'autel déserté; nous avons méconnu
Votre loi de justice et de miséricorde,
Et le bruit odieux d'une horrible discorde,
Dans le sang et le feu, jusqu'à vous est venu !

Oui, nous avons trouvé d'atroces gémonies
Pour y traîner encor gloires, vertus, génies;
Mais pardonnez, Seigneur, en faveur des aïeux;
Car la foi reste encor de l'antique héritage,
Car la croix est encore, après notre naufrage,
L'immortel Labarum où s'attachent nos yeux.

Pitié pour cette France abattue et meurtrie,
Ecoutez, ô Seigneur, sa voix qui vers vous crie
Toute vibrante encor de l'émoi des combats;
Grande dans son malheur, dans sa douleur auguste,
Elle en appelle encore au Dieu bon, au Dieu juste,
Vous l'avez dit, qui croit en vous ne périt pas !

Mais si sa destinée; hélas! est accomplie,
S'il faut que maintenant dans sa nuit elle oublie

VOUILLÉ, PATAY, ROCROY, FONTENOY, FRIEDLAND,
WAGRAM, ULM, AUSTERLITZ (1), fleurons de sa couronne,
Pour ne plus voir briller dans le ciel monotone
Qu'une étoile effacée au-dessus de SEDAN.

Ah! du moins laissez-lui l'espoir de jours prospères
Où, reprenant chez eux la trace de nos pères,
Forts du droit qu'un passé généreux nous donna,
Abreuvant nos chevaux dans les eaux de leurs fleuves,
Sous leurs toits, nous aussi, nous compterons les veuves
Aux champs retrouvés d'IÉNA! (2).

---

(1) A *Vouillé*, près Poitiers, Clovis tue de sa main Alaric, roi des Wisigoths (507), à *Patay*, après avoir fait lever le siége d'Orléans, Jeanne d'Arc écrase l'armée anglaise (29 juin 1429). — Il n'est pas un lecteur pour lequel il soit besoin d'ajouter la date des glorieuses journées dont les noms suivent ceux-ci.

(2) Au sujet de la bataille d'*Iéna,* nous pensons qu'il n'est pas hors de propos de rappeler une page d'histoire.

Lorsque les *États du Rhin,* Bavière, Wurtemberg, Bade, Hesse-Darmstadt, etc., se séparant de l'empire germanique pour se constituer en une confédération dont Napoléon fut proclamé le chef, François II abdiqua le titre d'empereur d'Allemagne pour celui d'empereur héréditaire d'Autriche, la paix continentale n'avait pu être assurée.

Le plénipotentiaire de la Russie avait signé un traité que l'empereur Alexandre refusa de ratifier; de son côté, le négociateur anglais avait quitté Paris sans rien conclure. Pendant le cours des négociations même, l'Angleterre et la Russie reprirent les armes. La

Prusse entra dans la nouvelle coalition. Au mois d'octobre 1806, Napoléon quitta Paris dès qu'il apprit que les armées prussiennes étaient en mouvement, et, après plusieurs avantages, il remporta sur elles la décisive victoire de Iéna, qui lui livra quarante mille prisonniers, trente drapeaux, trois cents canons, des magasins immenses de subsistances; dès-lors, il était maître de la Prusse : Postdam, Berlin, Posen, etc., étaient en son pouvoir. Quelque temps après, on découvrit que le prince de Hatzfeld, qui avait été chargé du gouvernement civil de Berlin, instruisait secrètement l'ennemi des mouvements de l'armée française. Des lettres saisies aux avant postes ne laissaient aucun doute. Le prince allait être traduit devant une commission militaire. Sa femme vint se jeter aux pieds de Napoléon. Elle attribuait à l'imposture et à la haine des ennemis de son mari l'accusation qui pesait sur lui. Napoléon fit apporter une lettre du prince qui avait été interceptée : « Vous connaissez, dit-il, l'écriture de votre mari, je vous fais juge. » La princesse, grosse de huit mois, s'évanouissait à chaque mot de cette fatale lettre. « Eh bien ! dit Napoléon, vous tenez la lettre, jetez-la au feu, je n'aurai plus de preuves pour faire condamner votre mari. » La princesse était près de la cheminée, elle y lança vivement la lettre. Une heure après, le prince de Hatzfeld était mis en liberté. — Certes, on peut dire que l'immense, l'insatiable ambition de Napoléon qui nous a procuré tant de gloire et préparé tant de désastres hélas ! était bien faite pour pousser jusqu'à l'exaltation le sentiment national, mais rien ne justifie, rien n'excuse la trahison. En graciant le prince de Hatzfeld, condamné par toutes les lois de la guerre, Napoléon s'honora d'un acte de clémence digne d'un grand homme, digne de la France. La Prusse ne s'est pas souvenue, elle ne s'est pas souvenue lorsque, par exemple, elle massacrait lâchement, à Bazeille et à Beaune-la-Rolande, toute une population héroïque qui, pour la défense de ses foyers, n'avait pris conseil que de son courage et de sa loyauté.

A M. PROSPER VIDARD

———

ROLAND

I

Quelquefois, confondant la légende et l'histoire,
Des antiques héros, auxquels ont peine à croire
Dans leur infirmité les hommes d'aujourd'hui,
J'ai retrouvé l'image immortelle en mes songes;
Et leurs rudes travaux qu'on traite de mensonges
    Comme un phare m'ont lui.

J'ai reconnu de loin ces têtes souveraines
Qui, dans les grands combats, robustes et sereines,
Sous le cimier d'argent ou le casque de fer,
Essuyaient sans fléchir l'assaut de cent épées,
Et de leur lourde hache à cent haines trompées
    Lançaient l'ardent éclair.

Où sont-elles ces mains nerveuses et fidèles,
Qui, prenant corps à corps les murs des citadelles,
Se faisaient des mourants de farouches gradins ;
Où sont-ils, sous quel ciel ont-ils suivi leur rêve,
Ceux qui ne connaissaient repos, ni paix ni trêve,
     Où sont les paladins ?

Hélas ! ils ne sont plus, mais leur renom surnage
Comme un dernier reflet éclatant dans l'orage :
Ainsi qu'un vieux rempart que notre orgueil défend,
Et toi, le plus ancien du bataillon sublime,
Je veux te saluer, rayonnant sur la cîme,
     O généreux Roland !

Je veux te saluer sur le champ de bataille,
Où cherchant du regard un soldat de ta taille,
Tu provoquais en vain tout un camp alarmé ;
Où, comme un moissonneur dans les gerbes mouvantes,
D'un geste tu fauchais les piques frémissantes
     De ton poing désarmé !

Je veux te saluer, neveu de Charlemagne,
Jusques à Roncevaux, quand la froide montagne

De ses vibrants échos tentait en vain ton cor,
Quand tu tombais vaincu, trahi, vendu, superbe,
Quand ton sang sous tes pas de géant teignant l'herbe,
  Tu défiais encor!...

Oh! ton âme était bien l'âme de notre France :
Comme elle se révèle à ta folle vaillance,
Comme elle s'incarnait en toi, noble vassal,
Lorsque tu dis : « Allez! c'est assez d'un seul homme,
Et d'une épée ici, quand le monde les nomme
  Roland et Durandal!

Oui c'était bien la France, invincible et sacrée,
Qui parlait par ta bouche, et de gloire enivrée
Jetait aux Sarrasins son gantelet loyal;
Qui, confiante en ceux que guidait sa bannière,
S'élançait sans vouloir regarder en arrière,
  Sans soupçonner le mal.

C'était elle, la fière héroïne qui lève
Pour le droit et l'honneur seuls sa lance et son glaive,
Trop pure pour compter avec la trahison,
Qui, Durandal en main, magnifique d'audace,
Dédaignant à ses pieds le reptile qui passe,
  Oubliait Ganelon!...

    2

II

Hélas! nous sommes loin des âges légendaires,
Loin des hommes de fer qui mouraient sans merci,
Satisfaits qu'on put lire aux granits tumulaires :
« Arrête-toi, passant, un soldat dort ici. »

Nous n'avons plus en nous la fierté ni l'audace
Qui les a faits si grands, qui les a faits si forts;
Nous n'avons plus comme eux, derniers nés de leur race,
L'amour des beaux combats, l'amour des belles morts.

Mais pourtant quand le bruit du tambour nous éveille,
Le sang pur des aïeux bout encor dans nos cœurs :
Loigny sois-nous témoin, sois-nous témoin Bazeille,
A l'honneur des vaincus, à l'effroi des vainqueurs.

Vieux Rhin sois-nous témoin que de tes francs antiques
Un moment sur tes bords tu crus voir le retour,
Lorsque Douai tomba près des morts magnifiques,
Dont le souvenir plane à Wœrth, à Wissembourg !

Metz où mon cœur voudrait, comme l'oiseau de l'arche,
Aujourd'hui rapporter un brin de rameau vert,
Sois témoin qu'aux clairons qui lui sonnaient la marche
Par un loyal élan répondit Canrobert !

O monde sois témoin et que ta voix proclame
Que pour nous voir vaincus, fils chétifs des héros,
Un traître a dû souscrire encore un pacte infâme
    A Metz comme à Roncevaux!...

A MADAME STANISLAS LIMOUSIN

LE VOILE

C'ÉTAIT le soir du jour — que de dates fatales! —
Où Paris, épuisé par l'effort surhumain,
Écoutait frémissant leurs marches triomphales,
Ayant encore au front la pâleur de la faim.

Car ils ne t'ont point pris d'assaut, vieille Lutèce
En qui revit, jetant au monde un plus beau nom,
La grâce souveraine et l'esprit de la Grèce,
      La grande âme du Latium!

Ils sont entrés furtifs, honteux, la nuit, sans gloire,
Ainsi qu'un maraudeur entre en un camp surpris,
Trop fiers de pouvoir mettre un jour dans leur histoire
Que leur hurrah sauvage a réveillé Paris.

Tu les as vus parqués comme des bêtes viles,
De ton arc légendaire ils redoutaient l'aspect,
Ils passaient sans oser lever leurs yeux serviles,
Tant à leurs cœurs jaloux s'imposait le respect.

Ils passaient ayant peur que les grandes images,
S'élançant tout à coup du socle glorieux,
Comme des dieux d'Homère assis dans les nuages,
Fissent pleuvoir l'éclair et la foudre sur eux !

Car ils ne sont vaillants que cinq contre un, à l'heure
Où le héros mourant, leur crachant son mépris,
S'attache à son drapeau vendu, rugit et pleure,
Car ils ne sont soldats que devant des conscrits !...

Alors, sur cette place où, plus grand qu'à Versailles,
Sous l'ignoble couteau tomba le roi martyr,
Comme s'il eut trouvé dans son sein des entrailles,
On vit de deuil soudain le granit se vêtir.

Huit femmes, huit cités françaises, huit statues,
Ainsi qu'un monument de morne désespoir,
Apparaissaient cachant leurs têtes abattues
Et leurs bras désarmés sous un long voile noir (1).

(1. Historique.

Et Paris, découvrant cet éloquent symbole,
Comprit qu'un si grand deuil a frappé tous les cœurs,
Et que la France entière est une en sa parole,
Une dans son amour, une dans ses malheurs.

Rouen, Lille, Nantes, Brest, Bordeaux et toi Marseille,
Vous avez, proclamant notre unanime accord,
De l'élan spontané d'une douleur pareille,
Fait honneur aux vivants, fait hommage à la mort.

Inclinant à la fois vos têtes étoilées,
Sous les funèbres plis du sombre vêtement,
En face des Germains vous vous êtes voilées,
Dans le poignant émoi d'un même sentiment.

Enfermant dans votre âme une horrible souffrance,
Vous n'avez pas voulu qu'ils pussent voir jaillir
De vos yeux désolés les larmes de la France,
Ni le divin rayon de foi dans l'avenir.

De la patrie en pleurs simple et superbe emblême,
Afin que seul Dieu vit ton regard éperdu,
Lyon, tu t'es voilée, et toi Strasbourg qu'on aime,
Comme l'enfant qu'on a perdu !...

A MADAME CAMILLE BAIGNOL.

LA DERNIÈRE BALLADE (1)

ENFANTS, je sais encor beaucoup d'autres légendes :
Je connais le lutin, hôte ami du foyer,
Je sais quels petits pieds ont parfois sur nos landes,
La nuit, dans les bouquets de thyms et de lavandes,
Tracé, dansant leur ronde, un magique sentier.

Je sais lorsque là-haut glisse le croissant pâle,
Sur les flots frangés d'or des nuages d'argent,
Quels étranges esprits, dans les reflets d'opale,
Naviguent, et formant l'escorte triomphale,
Suivent Phœbé la blonde à son lit d'Occident.

---

(1) Cette pièce a été couronnée par l'Académie des Jeux Floraux
concours de 1876).

Je sais au bord des eaux quelles sont les charmeuses
Dont sur les nénuphars et parmi les glaïeuls,
Dans l'ombre on voit errer les formes vaporeuses,
A la vague clarté de flammes dangereuses,
De leurs mains sans chaleur, tissant de froids linceuls.

Je sais touchants devis d'aimables châtelaines,
Pures comme les lis, belles comme le jour,
Que servaient à genoux comme devant les reines
Gentils pages mourant d'amour pour leurs marraines,
Au temps qu'on était jeune et qu'on mourait d'amour.

Mais lorsque vous venez à moi, pressés d'entendre,
Des veilles d'autrefois, ces récits fabuleux
Que vous me demandez à voix caline et tendre,
Chaque soir maintenant, sans pouvoir m'en défendre,
De nos camps au lointain, je crois revoir les feux.

Pendant que vous étreint votre mère alarmée,
Je recherche ma place au rang des bataillons,
Je retourne avec vous sur la plaine enflammée
Où l'éclair des canons déchirait la fumée,
Où des obus stridents sonnaient les carillons.

J'esquisse tout à coup quelque profil sublime :
De Sonis, Bourbaki, nos vaincus glorieux;
Charrette électrisant sa troupe magnanime
Par un signe de croix; et moi, soldat infime,
Fier de suivre leurs pas, je m'élance avec eux!

Et j'évoque le bruit de tonnantes volées
Se rapprochant toujours; et gagnant du terrain,
L'ennemi surprenant nos grand'gardes troublées,
Le fracas éclatant de farouches mêlées,
Les artilleurs sabrés sur les affuts d'airain.

Je vous peins nos bivouacs, le soir de la défaite,
Lorsque les plus aimés nous manquaient à l'appel,
Lorsque à leur nom jeté chacun baissait la tête,
Puis je vous dis la tombe enfin qu'on leur a faite,
Humble hélas! mais sacrée, enfants, comme un autel!....

Oh! de ces souvenirs pas un trait ne s'efface!
Ils pèsent sur mon front comme un songe oppresseur,
Votre babil, si doux, si frais, si plein de grâce,
Vos grands yeux où parfois un rapide éclair passe,
Rien n'apaise ma voix, rien n'apaise mon cœur!

Toujours un spectre est là, sombre, hautain, inflexible,
Qui d'un bras frémissant invoque l'avenir,
Et d'un drapeau souillé couvrant sa face horrible
S'écrie : « O jour de Dieu, jour de sang, jour terrible.
T'attendrai-je longtemps, vas-tu bientôt venir?...»

Il viendra, c'est assez qu'on l'espère en silence;
C'est assez qu'on prévoie un terme à la douleur;
Il viendra le grand jour de gloire et de vengeance,
Car vous nous vengerez si vous aimez la France,
Car vous nous vengerez si vous aimez l'honneur!

Ainsi je parle, ainsi, dans ma pensée amère,
J'offre à vos faibles mains les armes du soldat,
Et tandis que de pleurs vous baigne votre mère
Mon vers qui s'est rempli des rumeurs de la guerre,
A changé la ballade en hymne de combat!

A M. L'ABBÉ P.-E. ROUGERIE

Curé de Magnac-Laval

———

L'ÉGLISE ABANDONNÉE

L'OMBRE a depuis longtemps gagné le sanctuaire
Où la lampe veillait si fidèle autrefois ;
Et si quelque rayon y pénètre, il n'éclaire,
Sur l'autel nu, qu'un Christ détaché de sa croix.

Sous la voûte affaissée, où jusque dans les pierres
D'éclatants *Te Deum* ont vibré les accords,
Aujourd'hui, seul, le vent, dispersant les verrières,
Dit un chant douloureux comme un psaume des morts.

La chaire où retentit la voix évangélique
A mêlé ses débris à ceux des reposoirs
Où la Vierge gardait, dans sa blanche tunique,
Le parfum des lilas et des lourds encensoirs.

3

Dans la poudre du sol gisent, froides images,
Des anges et des saints au front découronné ;
Et du vieux bénitier, seule, l'eau des orages
Mouille encor quelquefois le granit profané.

Arrachée à sa tour la cloche catholique
Ne sonne plus jamais la messe et l'*Angelus ;*
Et des jours où le culte ornait la basilique,
Nul hélas ! maintenant, nul ne se souvient plus.

Eh bien ! en vain du temps l'homme, lâche complice,
A toute heure, en passant, arrache son lambeau,
S'assied insoucieux au seuil de l'édifice
Ou trouble d'un vain bruit l'austère et saint tombeau.

Dans ce délaissement, sur l'autel sans prière,
Sous les arceaux, cherchant un support incertain,
Une âme reste encore à ce grand corps de pierre,
Et l'on y sent passer comme un souffle divin !

Ainsi dans bien des cœurs où la foi semble éteinte
Comme au temple désert, sous de fangeux débris,
On retrouve toujours l'indélébile empreinte
Et le parfum lointain de reposoirs fleuris.

En vain les passions couvrent de leurs souillures
Cet autre sanctuaire où l'autel est sans feux ;
En vain, les bruits humains, en paroles impures,
Y font pleuvoir à flots le sarcasme odieux,

Il reste un tabernacle, ô divine présence,
Où tu sais éclairer l'ombre qui te voila :
Une voix qui, parfois, dans le morne silence
S'élève et dit bien haut : mon Dieu vous êtes là !

———

BERCEUSE

Quand sur ta couche légère,
  Pliant leurs ailes d'azur,
Les anges de ta prière
Se mirent dans ton front pur ;
De mes chants berçant ton somme
Moi je songe à l'avenir,
Oh dors bien, mon petit homme,
Afin de vite grandir !

Dors à l'ombre maternelle,
En attendant que ton cœur
Connaisse, ô peine cruelle,
Et ma gloire et ma douleur.

Pour des luttes sans pareilles
S'étant offerts des premiers,
Mon père est mort à Bazeilles,
Mon frère est mort à Coulmiers !

Si parfois ma bouche austère
Éteint ton rire joyeux,
Enfant, si parfois ta mère
Mêle une larme à tes jeux,
C'est qu'atteint par trop d'épreuves
Mon cœur garde ses serments,
Sous le vêtement des veuves,
A mon époux mort au Mans !

Comme eux, au devoir fidèle,
O mon fils, sans doute, un jour,
Tu partiras loin de celle
Qui n'a plus que ton amour,
Moi, bénissant la patrie,
Dans l'angoisse et dans les pleurs,
Je lui donnerai ta vie :
Et qu'importe si j'en meurs !...

Quand sur ta couche légère,
Pliant leurs ailes d'azur,
Les anges de ta prière
Se mirent dans ton front pur ;
De mes chants berçant ton somme,
Moi je songe à l'avenir,
Oh dors bien mon petit homme,
Afin de vite grandir !

—

PAYSAGE

L'HORIZON qui s'arrête à quelques quarts de lieues,
Par un tiède soleil doucement éclairé,
Contient des bois, des prés, des champs de blé doré,
Un ruisseau déroulant ses eaux pures et bleues.

La contrée est fertile et peuplée : on entend
Tinter les *Angelus* de deux proches églises,
Dont on voit s'élancer les minces flèches grises
D'un bouquet d'arbres verts dans les feux du couchant.

La côte qu'on gravit borde des pâturages,
Où s'appellent gaiement les pâtres des hameaux,
Où le hennissement éclatant des chevaux
Semble railler des bœufs les traînants attelages.

4.

Ceux-ci, sans s'émouvoir, poursuivent leur chemin
Affermissant leur pas sur la pente pierreuse,
Cambrant leur encolure, épaisse et vigoureuse,
Où le mâle bouvier pose sa rude main.

Et dans l'air, imprégné du plus exquis arôme
Des roses de buisson, des charrettes de foin,
A gauche, à droite, en face, on voit jaillir de loin
Quelque fil de fumée au faîte brun d'un chaume.

Puis la route descend dans un vallon bien frais
Où s'étale à son aise une ferme bruyante,
Dont la jeune maîtresse, alerte et vigilante,
Du rustique repas active les apprêts.

Faneuses et faucheurs, à grands éclats de rire,
Dans la grange, en effet, achèvent leur labeur,
Et voilà... Qu'est-ce donc?.. quelques larmes du cœur
Qui vous montent aux yeux : pourquoi, l'on ne sait dire.

Ce qu'on a ressenti, comment le définir?
Le mot qui traduirait l'émotion intime
Bien souvent n'offre un sens qu'à la voix qui l'exprime,
Et parfois sur la lèvre il a peine à venir.

D'ailleurs nuls grands effets ici, tout est paisible :
Point de col tourmenté ni d'alpestre sommet
Dont l'orgueilleux chamois, que nul joug ne soumet,
Tache seul dans l'azur la neige inaccessible.

Les coteaux ont des flancs mollement onduleux,
Où d'un pied assuré monte la brebis blanche,
Précédant la bergère à qui, sur chaque branche,
La haie offre en passant des fleurs pour ses cheveux.

Sur le talus à pic de roches helvétiques,
Point de chalet, au bord d'un glacier éternel,
— Hélas ! si loin du but de la flèche de Tell ! —
Parlant pauvre mais fier des libertés antiques.

Mais un toit lourd, carré, sans art, quatre murs gris
Que de sa broderie un vieux lierre recouvre,
Un seuil obscur et bas mais où, dès qu'on l'entrouvre,
L'enfant vient bégayer la langue du pays,

Et les cloches d'argent qui s'ébranlent plus vite,
Avec on ne sait quoi de céleste et d'humain,
Prêtant une harmonie aux échos du chemin,
Semblent une autre voix qui parle et vous invite.

C'est simple et c'est charmant ainsi que l'humble fleur
Qui des gazons d'avril a percé la verdure :
Si nous ne comprenons cette franche nature
L'autre ne nous dirait rien de plus, j'en ai peur.

Pour mon compte, je fuis toute ligne tracée
Au doux instinct de l'âme, au poétique émoi,
J'aime à croire toujours que nul autre avant moi
Aux sables du sentier n'inscrivit sa pensée.

Ah ! plutôt que chercher pour un album banal
Des sites annotés d'impressions serviles,
Réjouissons nos yeux de ces grâces tranquilles
Qu'on trouve à chaque pas sur notre sol natal.

Ruisseau dont les roseaux festonnent le rivage,
Prés verts, blés d'or, hameaux, vergers, troupeaux, forêt,
Jamais on ne vous vit et l'on vous reconnaît,
Car chacun dans son cœur emporte même image.

Car cela c'est tout près, c'est au canton voisin,
On y va dans un jour si courte est la distance ;
Car cela ce n'est point la Suisse, ah ! c'est la France,
Bretagne, Languedoc, Alsace ou Limousin !

C'est la France où, pour nous, partout une voix crie :
Salue avec amour cet horizon béni.
Viens y vivre et mourir, viens c'est ici le nid,
La tombe et le berceau, c'est ici la Patrie !

Bon passant, tout cela c'est Français, c'est sacré !
Les aïeux, pied à pied, ont conquis ce domaine,
C'est leur sang généreux qui féconda la plaine
Et la côte où mûrit le raisin empourpré !...

À RENÉ FOMBELLE

———

LE VASE DE SOISSONS

Il s'agissait du partage
Quand l'évêque vint au roi :
« Sauve du moins du pillage
Ce qu'a sacré notre foi,
Sicambre, au nom de ta femme,
De ta Clotilde à l'œil bleu,
Sauve d'un usage infâme
Cette coupe du saint lieu. »

Clovis, levant sa framée,
Dit : « Leudes et compagnons,
Notre part soit à l'armée,
S'il vous plaît que nous ayions

Pour tout lot ce simple vase. »
Mais un soldat des rangs sort,
D'un coup de hache l'écrase
Et dit : j'en appelle au sort !

Or, en un jour de revue,
Le roi, trouvant du soldat
L'armure assez mal tenue,
La pique en mauvais état ;
De sa framée invincible
L'abattit sur le gazon,
Criant d'une voix terrible,
Songe au vase de Soisson !...

Pour que la gloire revienne
Sous nos drapeaux refleurir,
De ceci qu'il te souvienne.
Du soldat de l'avenir,
Apprends-le, tête mutine,
La principale vertu.....
« C'est VALEUR ?.....»
                    Non, DISCIPLINE.
O conscrit me croiras-tu !

A la Mémoire des Officiers, Sous-Officiers et Soldats

du 71ᵉ régiment provisoire de la garde mobile (Haute-Vienne)

Morts à l'ennemi, à Loigny, le 2 décembre 1870.

MORTUIS

Sous le voile de deuil jeté sur mes pensées,
Ombres pâles, pourquoi prolonger votre bruit;
Pourquoi m'appelez-vous, pourquoi vos mains glacées
D'une étreinte de fer troublent-elles ma nuit?

⁎
⁎ ⁎

Dormez votre sommeil : laissez suivre aux vivants
Leur rêve épanoui dans les fleurs embaumées;
Nous avons vu vos fronts de jeunesse éclatants,
C'était hier, hier nous vous avons aimées.

*
* *

Lorsque le froid trépas vous toucha de son aile
Notre plainte s'unit à vos derniers accents :
Que voulez-vous de plus ?... à vos tombeaux, fidèle,
Toujours un souvenir, des prières, des chants ?

*
* *

Nos larmes ont coulé sur vous, peut-être encor,
Quand votre nom revient aux lèvres d'une mère;
Ainsi qu'une nuée errante en un ciel d'or,
Notre âme sent passer quelque tristesse amère.

*
* *

La vie à chaque pas creuse un abîme sombre
Où ne descendront plus les rayons du soleil,
Mais l'homme, voyageur hâté, bientôt dans l'ombre
Ne voit derrière lui que le sommet vermeil.

*
* *

La douleur est un flot troublé qui monte et fuit,
L'heure qui vient est tout, dans sa courte mesure,
Pour cet être inquiet que seul l'espoir conduit,
Que seul l'espoir soutient, que seul l'espoir rassure!...

*
* *

Hélas! et si l'amant a sa place laissée,
Quand le deuil éternel a vu choir quelques jours,
Une autre voix déjà parle à la fiancée
D'un nouvel avenir, de nouvelles amours!

*
* *

C'est la commune loi, décret mystérieux,
Auquel en vain, hélas! je voudrais vous soustraire,
Moi qui souvent encor sens se tourner mes yeux
Vers le morne passé que votre image éclaire.

*
* *

Moi qui vous vis si beaux, si fiers, si pleins de vie,
Brisant tant de liens d'un généreux effort,
Dans les chemins sanglants où marchait la patrie,
Vous offrir en moisson à la faulx de la mort!...

*
* *

Mais peut-être l'oubli qui s'ancre dans nos cœurs
N'est-il pas ce qui pèse à vos cendres émues;
Peut-être un cri guerrier bien plutôt que des pleurs
Apaiserait soudain vos douleurs inconnues?

*
* *

Cependant, loin, bien loin, chaque jour nous entraîne
Chaque jour nous détourne, hélas! triste semeur
D'étroite ambition, d'égoïsme et de haine,
Du but où vous alliez sans reproche et sans peur!...

*
* *

Mais ces temps passeront : à vos tombeaux déserts,
Bientôt, symbole aimé de gloire et d'espérance,
Nous reviendrons portant, ô morts, des lauriers verts
Que sur le champ d'honneur aura cueillis la France!

SENTENTIA

Sur le bord de l'abîme où l'inconnu t'attire,
Dans l'oubli du destin promis à ton berceau,
Oh! des rêves menteurs secouant le délire,
Relis le pacte auguste où Dieu grava son sçeau.

France, élève tes yeux, élève ta pensée,
Ton cœur purifié comme le diamant.
Ce n'est pas dans la poudre où tu t'es affaissée
Que tu découvriras le divin talisman!

Ce n'est pas à tes pieds que git la force sainte
Ni le vaillant vouloir, honneur des anciens jours,
La foi qui ne connaît le doute ni la crainte,
L'élan des belles morts et des hautes amours!...

Laisse aux peuples nouveaux, cherchant leurs destinées
Et la vaine utopie et le calcul étroit :
Un rayon passager luira sur leurs journées,
Treize siècles de gloire ont cimenté ton droit!

Treize siècles ont vu, belle patricienne,
La royale couronne à ton front triomphant,
Les nations réglant leur marche sur la tienne,
Satellites domptés d'un astre éblouissant.

N'abdique pas ton rang, n'abdique pas ta tâche,
Et pour mieux t'affermir au chemin du devoir,
Qu'un fraternel accord à ton passé rattache
Le superbe avenir offert à ton espoir.

Ranime dans tes fils l'esprit de sacrifice,
Dans l'immolation d'ignobles appétits.
Montre nous la grandeur, montre nous la justice
S'imposant par ta voix aux peuples interdits.

A ce prix tu pourras, sage, forte, honorée,
Souveraine au conseil, souveraine au combat,
Reprendre dans le temps ta mission sacrée
Avec l'âme du prêtre et le cœur du soldat!

A THÉOBALD MOREAU-LAJARRIGE

LA RANÇON

Sɪ bornant à de l'or leur avare désir,
Pillards ou mendiants, d'une aumône splendide,
Ils avaient seulement, dans leur triomphe avide,
Chez nous rempli leur poche et leur coffre à loisir,

Qu'importaient! à nos mains, aux combats retrempées
Au grand soleil de Dieu projetant son éclair,
N'est-ce pas, ce n'est point d'or qu'il faut, c'est du fer,
Du fer pour les canons, du fer pour les épées!

Notre or nous reviendra conquis par le travail;
Oui, de vaillants labeurs légitime salaire,
France, nous saurons bien regagner ton douaire,
Ta belle gloire en bloc, ton or pur en détail,

Car la rançon pour nous, les Francs, les gentilshommes,
N'est qu'un chiffre mesquin cotant notre mépris,
Aux quelques milliards que ces larrons ont pris,
De cinq cents milliards ajouta-t-on cent sommes !

Puis l'or inépuisable est là, filon géant
Où le pic du mineur s'use sans le réduire :
L'or c'est ton ciel d'azur à l'indulgent sourire,
C'est ton art délicat, c'est ton esprit charmant.

L'or c'est ton blond froment, terre fertilisée
Par la noble sueur de ton fier paysan,
C'est ton cep fléchissant sous la grappe irisée,
C'est l'œuvre où s'appliqua ton habile artisan.

Aussi, quand sans répit le souvenir m'accable ;
Quand je m'écrie au fond de désespoirs amers,
La rançon pour moi c'est une goutte des mers,
Un fétu dans le vent, à terre un grain de sable.

Ce qui me tient au cœur indissolublement
C'est de Metz à Strasbourg la plus petite place,
Qu'en un coin ignoré de Lorraine ou d'Alsace,
Prenne une humble chaumière au toit chauve et branlant.

Ce qui me tient au cœur, c'est vous, ô vierges blondes,
Seins gonflés, doux yeux bleus où tremble au bord d'un cil
La larme de Mignon, pleurant dans son exil
La Patrie et l'amour. Hélas! douleurs profondes!...

Ce qui me tient au cœur, c'est vous, ô grands vieillards,
Fronts courbés, où de plus une ride se creuse,
Alors qu'à vos soupirs la brise furieuse
Répond, fouettant en vain leurs sombres étendards!

Ce qui me tient au cœur, c'est vous, ô pauvres femmes,
Dont le noir vêtement dit un éternel deuil,
Cœur de mère à jamais enclos dans un cercueil,
Cœur d'épouse attendant le saint hymen des âmes!

Ce qui me tient au cœur, c'est vous, couples émus,
Quand l'enfant tout à coup, dans sa jeune ignorance,
Bégaye doucement du cher pays de France
Les beaux noms d'autrefois, les beaux noms reconnus!...

A *MADAME CAMILLE HIM*

(*C. d'Istroff*)

LA FIANCÉE

LA fleur de leur printemps à peine épanouie,
L'avenir tout entier tenant dans leur amour,
Prier, aimer, chanter, pour eux c'était la vie ;
Le moment approchait, c'était bientôt le jour !

Ils se voyaient déjà, dans leur commune ivresse,
Elle de blanc vêtue, à l'autel près de lui,
Lui, près d'elle, à genoux, beau de chaste tendresse
Et d'ineffable émoi quand elle répond oui.

Puis, tout à coup, rempli d'un sentiment étrange,
Saisi d'un saint respect auprès de cette enfant,
Dans les flots de l'encens, croyant que c'est un ange
Qui, parmi des rayons et des parfums, descend !...

Pèlerins messagers des légendes antiques,
Vous n'apparaissez plus aux tentes d'Israël,
Beaux anges, et l'éclair de vos ailes mystiques
Ne brille plus jamais dans l'azur froid du ciel.

La pensée attachée à vos vagues images,
Pour beaucoup n'est hélas! qu'un mensonge pieux,
Signe fatal du temps, triste loi de nos âges,
On veut toucher du doigt et voir avec les yeux!

Eh bien! ouvre les yeux, cœur sans foi, cœur sans flamme,
Devant cette candeur et cette pureté;
Car l'ange le voici, car l'ange c'est la femme
Qui t'aime et dont le bras s'appuie à ton côté.

Elle a la grâce, elle a le charme et l'innocence,
Dieu reçoit comme un vœu ses soupirs ingénus,
Et son sein virginal n'a pas d'autre espérance
Que celle qui sourit à ta mère, ô Jésus!...

L'heureux jour a paru, la cloche bourdonnante
Egrenne dans les airs ses carillons joyeux...
Que fait-il?... et l'enfant qui souffre de l'attente
Sent des larmes déjà rouler dans ses grands yeux.

Elle n'a point douté, certes; mais comme elle aime,
Elle craint : tout amour ici-bas est craintif;
Car chaque heure résout un ténébreux problème,
Chaque vague d'argent recouvre un noir récif.

Le voici! comme il court! et qu'il est pâle et sombre!
Quelle ardeur inconnue anime son regard,
Quel nuage à son front a répandu cette ombre?
Oh, dit-il, c'est fini, pardonne il est trop tard.

On m'appelle, on m'attend, car la France succombe.
Je réponds à son cri, je vais où l'on se bat,
Et je ne puis lier ton destin à ma tombe.
Mais elle, se jetant au cou de son soldat,

Etouffant ses sanglots et domptant sa souffrance,
Pour prélude aux serments qu'ils allaient échanger,
    Noua les couleurs de la France
    Au bouquet de fleurs d'oranger!

———

BOUTADE

PARFOIS, lorsque ta harpe aux pures mélodies
Accompagne le chœur des brises attiédies,
Qui dans tes bois parmi cent parfums étrangers
Prennent la douce odeur de tes blancs orangers,
Une douleur me vient avec une espérance.

Où marchons nous, enfants d'un siècle en décadence,
Quel temple, quel autel conserve encore à l'art
Un fidèle qui croie et pratique à l'écart,
Qui plus haut que l'honneur des faveurs populaires
Rêve de remonter sur la trace des pères?...
Notre âge est condamné, tout périt avec lui,
Nul n'est plus échauffé du rayon qui t'a lui ;

Le triomphe est acquis au rire spasmodique,
La grâce, le bon goût sont une chose antique
Dont on ne parle plus et dont nul n'a souci,
Quelques couplets d'Hervé, d'Offenbach, et voici
Sur quoi l'on peut fonder au moins renom durable!
Nos vieux maîtres français ont bâti sur le sable,
Gloire aux habiles qui de nos jours ont trouvé
La Fille de Madame Angot ou *l'Œil crevé!*...
Tout est là! c'est pour l'art une forme suprême :
La vierge y cherchera ces doux songes qu'elle aime
Et l'enivrant aveu qui lui jaillit du cœur,
Le soldat un refrain belliqueux et vainqueur,
Et le poète au vol y saisira le rêve
Qui sur ses ailes d'or avec lui nous enlève,
Tandis que les sculpteurs des dieux bien revenus,
Feront de la Schneider la moderne Vénus!
Tout est là, dans le bruit d'indicible *cascades,*
Dans le geste qui scande en hoquets les roulades,
Dans l'audace du mot, dans l'impudeur du front!.
Eh bien! sans protester on subit cet affront :
Nul ne s'est rencontré qui d'une voix sévère
Osat, aux baladins, commander de se taire;
Nul ne s'est rencontré, même au sein du malheur,
Pour maudire cet art froid, sceptique et sans cœur

Ainsi que le public ;

               Hélas ! qui croit encore ?

Qui garde dans son âme une loi qu'il adore,

Dis-moi, ne vois-tu pas décroître à l'unisson

L'ode bientôt tombée au raz de la chanson ?

Des muses, comme moi, maladroits interprètes,

Tu connais cent rimeurs, mais combien de poètes,

Combien de phaétons prêts à tenter le ciel ?...

Depuis qu'Ingres est mort, où donc est Raphaël ?...

L'âme n'existe plus, la matière s'impose !

L'idéal, fugitif comme un parfum de rose.

Des sereines hauteurs ne descend plus vers nous,

Poètes, musiciens et peintres, ô vous tous

Que le succès d'un jour attire comme un leurre,

Revenez, retournez, c'est trop de perdre une heure ;

Dans la facile voie où nous sommes entrés

La chute est imminente et n'a pas deux degrés !

C'est étrange qu'ainsi tout se tienne et se lie,

Que la main inhabile à l'épée affaiblie,

Laisse tomber aussi la lyre et le pinceau ;

Que l'appauvrissement mette partout son sceau,

Et qu'un peuple attéré, dont l'histoire est ternie,

Ensemble ait à pleurer sa gloire et son génie,

Et qu'un jour dans la foule en vain il cherche un nom

A graver immortel aux murs du Panthéon.

Ainsi, le cœur troublé par de tristes pensées,
J'écoute s'envoler les strophes cadencées,
Quand ta harpe (1) fidèle aux rythmes d'autrefois
Emplit le bois ombreux d'aériennes voix,
A mes vers ignorés prêtant leur poésie.
Oh! demeure bien droit dans ta route choisie,
Toi qui gardes encore en cet âge fatal
La croyance de l'art, la foi dans l'idéal,
Toi que n'a point tenté cette muse équivoque,
Qui prend un chant d'amour pour un thème baroque,
Toi qui prise sur tout l'émoi délicieux
De voir poindre une larme aux cils de deux beaux yeux.

Cet obscurcissement n'est qu'une heure de doute;
Ce peuple que la nuit a surpris en sa route,
Pour aller plus vaillant vers son noble destin
N'attend que la clarté soudaine du matin!
Le réveil, si Dieu veut, nous le verrons ensemble,
Nous verrons fils pieux, croyants que l'art rassemble

_____

(1) La harpe dont il est ici parlé n'est pas une harpe idéale : c'est l'instrument très réel d'un véritable artiste.

Dans la même espérance, au pied du même autel,
Notre France, rendue à son rôle immortel,
Reprenant le chemin des hauteurs séculaires
D'où sur le monde entier, ont rayonné nos pères,
Reine par la victoire et reine par l'esprit,
Par le bon goût, par l'art divin qui lui sourit
Et qui, comme l'Eglise à gémir condamnée,
Put longtemps la nommer aussi sa fille aînée.

Mais si je me trompais, s'il n'était plus d'espoir,
Si ce n'est pas bientôt l'aurore, mais le soir,
Si cette ombre épaissie au delà se prolonge,
Impénétrable au jour qui se lève en mon songe,
Si la tradition, pur flambeau qui s'éteint,
Ne peut plus éclairer l'avenir incertain,
Si l'art doit expirer sous des mains parricides,
Morne vieillard enfin, le front houleux de rides,
Obscur, sans nom, déjà mort avant le tombeau,
Mais fidèle toujours au culte du vrai beau,
Seul, abattu, plaintif, désespéré lévite,
Pleurant sur les débris d'un temple qu'on évite,
Je demeurerai fier d'avoir un jour signé
La protestation d'un artiste indigné !

L'OTAGE

Comme une vierge antique, un moment assoupie,
Sur le luth dont l'ivoire est moins blanc que ses bras,
Laissons se reposer la tendre poésie,
Nos plus chers souvenirs la berceront tout bas.

Laissons-la dans les fleurs, laissons-la près des meules,
Près des gerbes d'été, près des nids du printemps ;
Son baiser a rougi la lèvre des aïeules,
L'amour et la beauté seront de tous les temps !

Le poète à ses doigts gardera vos poussières,
Sylphes frais et légers, délicats papillons,
Idylle qui se pose au bouquet des bergères,
Eglogue qui voltige à travers les sillons.

6

Heureux qui put un jour, dans les bosquets de roses
Où le guidait le bruit de vos rires d'enfants,
A travers les grands cils de vos paupières closes,
Voir s'échapper un seul de vos songes charmants.

O vagues visions, ô vierges innommées,
Vous nous avez appris un langage enchanteur;
Nos âmes, à jamais, à vous se sont données,
Avec le pur élan de notre jeune ardeur.

Dans le filet doré d'inneffables ivresses
Vous avez captivé nos fronts adolescents :
Nul remords n'est resté de nos chastes caresses,
L'idéal éteignait la fougue de nos sens.

Et plus d'un, déposant son fardeau de souffrance,
Parfois a sur vos pas, dans les sentiers fleuris,
Aux heures des regrets, retrouvé l'espérance
Et l'arome oublié de ses rêves flétris.

Vos soupirs m'ont troublé, votre plainte me touche,
Mais lorsqu'à votre appel j'oppose nos douleurs,
Ce n'est pas un adieu que prononce ma bouche,
Et je vous offre ici l'otage de nos cœurs.

Oui ! oui ! nous reviendrons, souriantes images,
Idéales beautés aux doux yeux éplorés,
Cueillir la fleur d'amour éclose à vos corsages
Et répandre des pleurs sur vos pieds adorés.

Mais la France avant tout : c'est la chère maîtresse,
C'est l'amante qu'en vain on voudrait oublier,
Qu'on adore à genoux, et qui, dans sa détresse,
Plus qu'un myrte embaumé veut un sanglant laurier.

Et lorsque dans ses yeux il n'est plus une larme,
Nous n'avons plus au cœur qu'un amour et qu'un nom :
Le poëte français n'est qu'un soldat qui s'arme,
            Sa lyre est un clairon !

Il faut que violemment éclate sa fanfare,
Ainsi que la diane en un camp endormi,
Audacieux défi dont un peuple s'empare
            Courant à l'ennemi.

Il faut que sans fléchir, sans connaître d'entraves,
Sans mesurer l'espace où son élan s'abat,
Il marche, nous grisant avec les chants des braves,
            Jusqu'au jour du combat !...

A CAMILLE LEMAISTRE

Ex-Sous-Lieutenant au 71ᵉ de la Garde mobile

LA RETRAITE

.... On marchait sur la neige glacée ;
Auprès d'un petit bourg la troupe était passée,
Et déjà, tout là-bas, à l'horizon blafard,
Dans un pli du terrain s'enfonçait l'étendard.
La retraite durait, hélas ! depuis la veille ;
Et la neige tombait et s'étendait pareille
A l'immense linceul d'un peuple enseveli.....
Plus d'un vieux chef, le cœur brisé, le front pâli,
Durci dans les périls, bronzé par vingt batailles,
Se sentait pris d'émoi de tant de funérailles,
Et maudissait tout bas cette guerre où l'on vit
Quelquefois, dix prussiens en face d'un conscrit !
On marchait, et voilà qu'arrivait la nuit noire.
Quant aux vainqueurs, peu sûrs encore de leur victoire,

G.

Ils n'osaient trop presser cette armée aux abois,
Et louches se cachaient comme les loups aux bois,
Joyeux, flairant l'odeur montante du carnage.
Et c'était grand émoi, cependant, au village :
Sur la place assemblés, les hommes calculaient
Ce qu'il faudrait fournir aux Prussiens qui viendraient
Le pain, la viande, avec le vin et puis la somme,
Le logement, comment trouver un lit par homme!...
On imposait silence aux beaux donneurs d'avis
Qui criaient qu'on pourrait bien prendre les fusils,
Et voir un peu comment ces Germains, ces vandales
Se conduisaient devant les gardes nationales!
Cette histoire est trop vraie, on ne la croira pas.
Soudain voici navrants, blêmes, traînant le pas,
Qu'aux premières maisons arrivent deux mobiles,
Sans sac, mais conservant l'arme en leurs mains débiles,
Le regard triste et vague, au passage laissant
La révélation du courage impuissant.
Certes ce n'était pas des héros, pauvres diables
Aux souliers sans semelle, aux blouses misérables;
Mais ils s'étaient battus pour faire leur devoir,
Malgré le froid, la faim, malgré le désespoir,
Et par patriotisme encor plus que par honte.
On le sait maintenant, et qui leur en tient compte?

Quoiqu'il en soit, le jour dont je parle on put voir
Ces malheureux entrer dans le village au soir ;
Mais tant d'autres avaient passé sombres et mornes,
Tant s'étaient arrêtés, couchés au long des bornes,
Lamentables, prenant leurs têtes dans leurs mains,
Contents de reposer aux fossés des chemins,
Qu'on n'y regardait plus, car la pitié s'émousse.
Voici que l'un des deux, à la parole douce,
D'un groupe s'approchant, dit : « Messieurs, pardonnez,
On nous a, ce matin, tous deux abandonnés,
Nous croyant morts ; d'ailleurs il faisait jour à peine,
Mais nous avons pu fuir, ayant repris haleine,
Et nous prêtant secours, l'un à l'autre blessé,
L'un une balle au sein, l'autre le bras cassé ;
Et nous n'en pouvons plus. N'est-il pas quelque auberge,
Quelque maison où l'on nous couche et nous héberge ?
Nous n'avons pas beaucoup d'argent, mais nous paierons,
Du peu qu'il nous faudra, tout ce que nous pourrons. »
« Qu'est-ce que vous voulez ? nous n'avons pas de place,
Fit une grosse voix, faut voir qu'on s'embarrasse
De deux traînards ! La route est là, droit devant vous,
Et le temps justement est devenu plus doux.
Vous rejoindrez sans peine à la prochaine ville. »
Et muets, résignés, l'un et l'autre mobile,

6..

Avec un grand soupir reprirent leur chemin.....

Or, les Prussiens étant passés le lendemain
Sans presque s'arrêter, on allait sur leur trace,
On regardait de loin. Tout à coup, sur la glace,
Dans la neige amassée à l'angle d'un vieux mur,
Apparut, les deux mains jointes et l'œil obscur,
Etendu tout du long un cadavre rigide :
La bouche avait encore un sourire candide.
Quelque chose à la fois d'enfantin et de fier;
Et quelqu'un dit : c'est un des mobiles d'hier!.....

———

LE DENIER DE LA VEUVE

Sous son humble toit tranquille,
Pauvre veuve, elle pouvait
Garder son pain et son huile ;
Mais son cœur se soulevait.

Elle installa dans sa chambre
Nos blessés bien à couvert ;
Et quelques jours de décembre
Usèrent son bois d'hiver.

Ses draps fournirent les bandes,
Puis, quand elle n'eut plus rien,
Elle eut recours aux offrandes,
Sûre qu'on donnerait bien.

Dès lors, malgré son grand âge,
Chaque jour elle partait,
Et de village en village,
Pour ses mobiles quêtait!...

O femme, dans les chaumières,
Dans les palais attendris,
Sois bénie au nom des mères,
Sois bénie au nom du Christ! (1)

Lumeau, 2 décembre 1873.

(1) Nous pourrions écrire le nom de cette brave femme; mais la liste serait longue des noms qu'il faudrait, pour être juste, ajouter à la suite; car toute la population de Lumeau a été admirable dans sa sollicitude pour nos blessés. Honneur à ces cœurs français et chrétiens !

A M. PINELLI

Commandeur de la Légion d'honneur, Chef de bataillon en retraite
ex-Lieutenant-Colonel du 71ᵉ de la garde mobile.

———

LUMEAU

J'ai revu cette plaine et je l'ai saluée,
J'ai revu ces sillons qui burent notre sang
Et je les bénissais; j'ai vu, reconnaissant
Un arbre, pas bien gros, dont l'écorce est trouée.

C'était lui, demi mort, le tronc encor noirci,
Il garde, ainsi que nous, une cruelle plaie;
C'était lui, car voici là bas le bois, la haie,
Et je me souvins bien, et je lui dis merci.

Ce sont des peupliers les deux lignes fatales,
Où les obus pleuvaient dans l'intervalle étroit;
Au bout, voici la ferme où s'enflammait le toit
Et les murs éraillés où crépitaient les balles.

A gauche c'est Lumeau ; c'est ici le chemin
Où nos jeunes conscrits marchèrent en vieux braves
C'est là qu'il est tombé l'enfant aux pensers graves
Dont je sentis le cœur s'arrêter sous ma main.

C'est là qu'il est aussi resté le gai mobile,
Le conteur du bivouac dont les joyeux propos
Savaient narguer le froid, la fatigue ; dispos
Et quand même et toujours, à faire rire habile.

C'est là qu'ils ont payé le noble impôt du sang,
Ces fils de laboureurs qui laissaient en arrière
La mère veuve, infirme, ou peut-être le père
Et les autres petits, une femme, un enfant.

Revoyant comme en songe une pauvre mansarde,
C'est là que, murmurant les chants des ateliers,
S'affaissèrent aussi bien des fils d'ouvriers :
Ils sont morts ! mais du moins un souvenir les garde.

Un souvenir, que dis-je ? Ah ! plus d'un souvenir
De notre Limousin retourne à cette terre :
C'est l'enfant, c'est l'époux, c'est l'amant c'est le frère
Qui partit et que l'on n'a pas vu revenir !...

Combien s'en sont allés, sans jactance et sans plainte,
Loin du foyer natal qu'ils portaient dans leur cœur,
Armés par le devoir ou conduits par l'honneur,
Mais tous unis, croisés pour une guerre sainte.

Et bien plus par honneur encor que par devoir,
Refoulant leurs regrets et dévorant leurs larmes,
Forts par le sacrifice, impuissants par les armes,
Ils ont lutté n'ayant le nombre ni l'espoir.

Ils ont lutté n'ayant pour reposer leurs têtes,
Après un long combat ou des marches sans fin,
Que la neige ou la boue ; ils ont connu la faim !
Ne leur imputez pas la honte des défaites.

Aux revers assurés, humbles, allant s'offrir,
Soldats d'un jour, parfois poussés un contre quatre,
L'histoire dira bien qu'il n'ont pas su se battre,
Elle ne dira pas qu'ils n'ont pas su mourir !

Et s'il faut à nos fils léguer la grande tâehe,
C'est assez pour la gloire et pour l'exemple aussi :
Des héros d'autrefois à ceux qui sont ici,
Ils connaîtront que rien n'avait rompu l'attache.

Et prêts à s'élancer pour venger leur pays,
Fiers de trouver intact leur plus bel héritage,
Ils viendront lire ici la douloureuse page
Des dévouements virils pour la France accomplis.

Pour nous, c'est ici même où germe l'espérance,
Car de ce sol sacré, qu'honorent ces tombeaux,
Monte le cri des temps anciens, des temps nouveaux,
Cri des vivants, des morts, de tous ; VIVE LA FRANCE !

Lumeau, le 2 décembre 1873.

TABLE

BIBLIOTHÈQUE NATIONALE
B.N.
ESTAMPES

Limoges, imp. v⁰ H. Ducourtieux, rue des Arènes, 5.

www.ingramcontent.com/pod-product-compliance
Lightning Source LLC
Chambersburg PA
CBHW060452260626
47161CB00005B/2074